ÉMILE BLÉMONT

ESQUISSES AMÉRICAINES

DE

MARK TWAIN

TRADUCTION LIBRE

PARIS
P. OLLENDORFF, LIBRAIRE-ÉDITEUR
28 *bis*, rue de Richelieu

1881

ESQUISSES

AMÉRICAINES

DU MÊME AUTEUR

Contes et Féerie (épuisé). . . . . . . 1 vol.
Poèmes d'Italie . . . . 1 vol.
Pour les Inondés . . . . 1 vol.
Les Cloches (épuisé). . . . . 1 vol.
Les Filles Sainte-Marie . . . . 1 vol.
Portraits sans modèles. . . . . 1 vol.
La Prise de la Bastille . . . . 1 vol.
Le Porte-Drapeau. . . . . 1 vol.
Molière a Auteuil. . . . . 1 vol.
Le Barbier de Pézenas . . . . 1 vol.

Pour paraître prochainement :

Les Bois et les Plages. . . . . 1 vol.
Les Poèmes d'Edgard Poe, traduction en vers. . . . . 1 vol.
Œuvres choisies de Shelley, traduction en prose et en vers . . . . . . 1 vol.
Le Mariage d'Octave. . . . . 1 vol.
Poètes et Prosateurs. . . . . 1 vol.

ÉMILE BLÉMONT

ESQUISSES AMÉRICAINES

DE

MARK TWAIN

TRADUCTION LIBRE

PARIS

P. OLLENDORFF, LIBRAIRE-ÉDITEUR

28 *bis*, rue de Richelieu

1881

Il a été tiré de cet ouvrage
10 exemplaires d'amateur
numérotés

5 sur papier de Chine (nos 1
à 5);
5 sur papier vergé de Hollande
(nos 6 à 10).

N° ....

A CAMILLE PELLETAN

EN TÉMOIGNAGE

D'UNE BONNE ET FIDÈLE AMITIÉ

Les *Esquisses américaines* de Mark Twain ont été lues par tout le monde aux États-Unis et en Angleterre. Elles offrent le plus curieux spécimen de l'esprit *yankee*, ayant cours actuellement entre New-York et San-Francisco.

Le traducteur en a choisi les pages les plus piquantes, les plus caractéristiques; et, pour faire passer dans notre langue l'idée et le style de l'auteur sans leur ôter la saveur originelle, il a préféré une libre et fidèle interprétation à une traduction étroitement littérale.

É. B.

HISTOIRE
DU
MÉCHANT PETIT GARÇON
QUI NE FUT JAMAIS PUNI

Il y avait une fois un méchant petit garçon qui s'appelait Gaga. Les méchants petits garçons s'appellent presque toujours Paul ou Jules dans les livres d'images; celui-ci s'appelait Gaga. C'est extraordinaire, mais c'est comme je vous le dis.

La plupart des vilains petits garçons, dans les livres d'images, ont une mère pieuse et poitrinaire, qui volontiers irait faire son lit dans la tombe, si elle n'aimait tant son fils ingrat. Ils ont presque tous, vous l'avez certainement remarqué, une pauvre mère, malade entre toutes les mères, qui berce son méchant enfant de ses douces paroles plaintives, l'endort dans un baiser, s'agenouille à son chevet, et pleure, pleure, pleure. Il en était différemment pour notre gaillard. Il ne s'appelait ni Paul, ni Jules; il s'appelait Gaga, et sa mère n'avait pas la moindre affection de poitrine. Elle était plutôt robuste que svelte, et n'était point pieuse. D'ailleurs, elle ne se faisait point de bile sur le compte de Gaga, et disait que, s'il se cassait le cou, ce ne serait pas une grande perte. Elle le fouettait toujours pour le faire dormir, et ne l'endormait jamais dans un baiser. Elle lui tirait régulièrement les oreilles avant de le quitter.

Une fois, ce vilain petit garçon déroba la clef du buffet et s'offrit une pleine potée de confitures. Mais un terrible remords ne lui vint pas soudain, et aucune voix ne lui murmura : « Est-il bien de désobéir à sa mère? où vont-ils, les vilains petits garçons qui absorbent en cachette les confitures de leur pauvre maman malade ? » Il ne jura pas qu'il ne le ferait plus, il n'alla pas demander bien vite pardon à sa maman ; elle ne put donc le bénir avec des pleurs d'orgueil dans les yeux et dans la voix, comme cela se pratique inévitablement dans les livres en question. Ne trouvez-vous pas que c'est fort singulier? Gaga mangea les confitures; il se dit, dans son grossier et vicieux langage, que c'était rudement bon; puis il éclata de rire et remarqua que la vieille ferait un fameux nez, si elle s'apercevait de l'opération. Quand de l'opération la vieille se fut aperçue, il soutint que ce n'était pas lui... Elle le fouetta sérieusement, et *ce fut lui* qui pleura. Tout ce qui arrivait à cet enfant-là était vraiment curieux ; il ne lui arrivait rien, mais rien du tout comme aux autres méchants petits garçons des livres d'alphabet.

Une fois il alla voler des pommes. Chose merveilleuse ! il ne se brisa aucun membre. Non, je vous assure, il ne tomba pas et ne fut pas dévoré par le gros chien. Il ne resta pas au lit une quantité de semaines, il ne se repentit pas, et ne devint pas meilleur. Il vola autant de pommes qu'il voulut, les mangea et n'eut pas de remords. Il n'eut même pas de coliques. C'est tout à fait particulier. Le monde ne se comporte pas ainsi dans ces suaves petits volumes à couverture enluminée, où l'on voit de suaves petits bonshommes en pantalon cerise, et de suaves petites bonnes femmes dont les joues sont de la même couleur que les culottes des messieurs.

Une fois, Gaga subtilisa le canif

de son pion. Quand il craignit d'être découvert et mis au piquet, il glissa l'objet dans la casquette de Prosper, le fils de la pauvre veuve, l'enfant modèle, qui obéissait toujours à sa maman, ne mentait jamais, savait invariablement ses leçons et revenait fastidieusement à l'école le dimanche. Quand le canif tomba de la casquette, Prosper baissa la tête et rougit, comme oppressé par la conscience du crime. Le pion sauta sur lui en s'écriant : « Tu me le payeras, petit tartufe à dix francs par mois! » Mais, à ce moment solennel, aucun vieillard inattendu ne fit intervenir ses cheveux, blancs comme la queue d'un blanc percheron, ni sa voix, onctueuse comme l'organe d'un bon prêtre apostolique et romain. Non, aucun aïeul onctueux et incolore ne dit au maître d'étude en suspens : « Laissez ce noble enfant ! voici le détestable criminel. Je passais sans être vu, et fus témoin du vol. » Cela n'est-il pas de plus en plus particulier ? Gaga ne fut réellement pas une seule minute inquiet. Le vieillard ordinaire des suaves petits livres ne prit pas le bon Prosper par la main, ne dit pas qu'un tel enfant méritait les meilleurs encouragements, et ne lui proposa pas, en aspirant une prise de tabac, d'entrer dans sa maison pour balayer son bureau, allumer son feu, faire ses commissions, fendre son bois, étudier le droit, aider sa femme à faire le ménage, jouer tout le reste du temps, gagner cinquante sous par mois et être parfaitement heureux. Ces choses-là seraient arrivées dans un livre d'images ; mais cette fois-ci il en advint autrement. L'enfant modèle fut battu, vilipendé, et Gaga se frotta les mains ; car, voyez-vous, Gaga haïssait les enfants modèles. Il disait qu'il les avait dans le nez, ces *bébés en sucre*, ces *sainte-nitouche*, ces *agneaux à tondre*, ces petits *bedouillards*. De telles expressions sont attristantes ; mais cet enfant mal élevé n'en employait pas d'autres.

Ce qu'il y a de plus étrange, c'est qu'un dimanche, pendant que ses parents le cherchaient pour l'emmener à la messe, il se sauva, alla en bateau et ne se noya pas ;

puis pêcha à la ligne et ne fut pas frappé de la foudre. Infailliblement, dans ces volumes exquis dont vous faites vos délices, les enfants qui, au lieu d'aller à la messe, vont en bateau le dimanche, sont entraînés par un tourbillon et se noient ; s'ils veulent ensuite pêcher à la ligne, ils sont foudroyés infailliblement. Comment se fait-il donc que ce Gaga ait échappé à tant d'inéluctables périls ? Mystère !

Ce Gaga devait avoir un talisman ; on ne peut expliquer autrement son incroyable chance. Rien ne tournait à mal pour lui. Il offrait toujours du tabac à l'éléphant du Jardin des plantes, et jamais l'éléphant ne lui tordait le cou avec sa trompe. Il rôdait toujours autour de l'anisette et jamais n'avalait par erreur de l'esprit-de-vin. Il déroba le fusil de son père, alla à la chasse, et n'eut pas trois doigts de la main droite emportés. Il dessina et coloria la caricature de son parrain et celle de sa marraine (infâmes croquis !), et ne s'empoisonna pas avec les couleurs. Il donna à sa petite sœur un coup de poing sur le nez dans un accès de colère : sa petite sœur ne resta pas malade pendant les longs jours d'un été, et ne mourut pas avec de douces paroles de pardon sur les lèvres. Non ! elle lui rendit son coup de poing et ne fut pas indisposée du tout. Finalement notre gaillard se sauva du logis paternel et s'embarqua ; mais il ne revint pas et ne se sentit pas triste et isolé devant la tombe de ses parents chéris, devant les ruines du toit qui avait abrité son enfance. Oh! point du tout; il se grisa comme vingt chantres, fit les cent coups, et ne s'en voulut aucunement.

Il prit des années et une femme, une très belle femme, ma foi! et eut, lui-même, beaucoup d'enfants. Par une nuit noire, avec une hache, il crut devoir couper sa famille tout entière en petits morceaux. N'ayant plus cette charge, il réussit à s'enrichir par plusieurs crimes et une foule d'indélicatesses. Il constitue aujourd'hui le plus infernal gredin de son pays. Il est universellement respecté et siège à la Chambre haute S'il y a une révolution, il deviendra probablement empereur.

Ah ! ce n'est pas dans les suaves petits livres coloriés que les choses se passeraient ainsi. Mais, que voulez-vous? il faut s'attendre à tout et à pis encore dans le vrai monde.

LA CÉLÈBRE

GRENOUILLE SAUTEUSE DE CALAVERAS

Voici ce que me raconta ce vieux bavard de Simon Wheeler, quand il m'eut bloqué avec sa chaise auprès du poêle, dans un coin de la taverne, à l'ancien campement des mineurs d'Angel.

C'était un bonhomme gras et chauve, dont la physionomie vous gagnait tout de suite par son aimable et naïve placidité. Tout le temps qu'il parla, il ne lui arriva pas une seule fois de sourire, ni de froncer le sourcil, ni d'altérer la fluidité initiale de sa parole, ni de laisser percer le moindre soupçon d'enthousiasme. Mais, dans son interminable bavardage, il y avait un accent de sérieuse sincérité, prouvant, à n'en pas douter, que, loin de rien voir de ridicule et de burlesque dans son histoire, il la regardait comme étant de la plus haute importance et en tenait les héros pour des êtres d'une exquise finesse et d'un génie transcendant.

— Il y avait donc ici, me dit-il, un camarade, du nom de Jim Smiley. C'était dans l'hiver de 49, ou peut-être bien au printemps de 50, je ne me rappelle pas exactement; mais je pense que c'était vers cette époque, parce que, j'en suis sûr, la grande tranchée n'était pas finie lorsqu'il arriva au campement. En tout cas, c'était bien le plus singulier des individus. Il passait sa vie à parier. Il pariait sur tout. Il pariait à propos de rien. Il n'avait de cesse, qu'il n'eût trouvé quelqu'un pour tenir pari avec lui. S'il ne trouvait pas à parier pour, il pariait contre. Tout ce qu'on voulait, il l'acceptait; pourvu qu'on tînt son pari, il était content. Avec tout cela, il avait une chance du diable; il gagnait presque toujours.

A chaque course de chevaux, vous étiez sûr de le trouver au bon endroit. Batailles de chiens, duels de chats, combats de coqs, il ne laissait rien passer. Voyait-il deux oiseaux sur la haie, il gageait tout de suite que celui-ci, ou, si l'on aimait mieux, que celui-là s'envolerait le premier. De but en blanc, pour suivre une gageure, il aurait été jusqu'à Mexico. Tous les gamins de l'endroit le connaissaient et pourraient vous raconter un tas de choses de lui. Une fois, la femme du ministre Walker était gravement malade ; on n'espérait plus guère la sauver. Mais un matin, Walker arrive, et Smiley lui demandant des nouvelles de sa femme, il lui répond que, grâce à la toute miséricordieuse Providence, elle va beaucoup mieux, qu'elle ne peut manquer de se relever très vite. —

« Eh bien! » reprend aussitôt Smiley, d'instinct, sans songer à mal, « eh bien! si vous voulez, je parie tout de même quelque chose avec vous qu'elle n'en reviendra pas. »

A cette époque-là, Smiley avait une jument que les gamins appelaient « la Tortue ». Avec cette satanée bête, il gagnait des tas d'argent. Elle avait toujours quelque chose : c'était un asthme ou une blessure; ou bien elle boitait, ou elle tombait de faiblesse. Dans une course, on lui donnait toujours deux ou trois cents mètres d'avance. On comptait la rattraper vite et la dépasser largement. Mais toujours, à la fin, elle avait un accès désespéré. Elle se dressait, se secouait, se démanchait, se disloquait, ruait, gambadait, piaffait, écartait fantastiquement les jambes, lançait, je ne sais comment, ses quatre fers en l'air, rebondissait d'un côté, puis de l'autre, s'emballait de droite à gauche et de gauche à droite, s'écorchait aux haies, éternuait, toussait, hennissait, faisait un tapage infernal, soulevait une poussière ridicule, et toujours, toujours, arrivait première, tout juste, aussi juste que la justice, d'une longueur de cou.

Il avait aussi un petit bouledogue. A voir cet avorton, vous n'en auriez pas donné un liard, vous auriez cru qu'il n'était propre à rien, qu'à voler un os à l'occasion. Mais, sitôt qu'il y avait de l'argent en jeu, c'était un autre chien. Sa mâchoire inférieure commençait à se dresser comme l'avant d'un bateau à vapeur; il montrait les dents, et sa gueule flambait comme le fourneau de la chaudière. Et l'on pouvait lâcher sur lui un autre chien, et l'autre chien pouvait l'attaquer, le mordre, le tirailler, le déchirer, le jeter deux et trois fois par-dessus l'épaule; André Jackson, c'était le nom de la bête, André Jackson s'en fichait pas mal et allait toujours son petit bonhomme de chemin, jusqu'à ce que le bon moment fût arrivé. Alors, c'est-à-dire quand les paris contre lui s'étaient élevés si haut que les parieurs ne pouvaient pas mettre un sou de plus, alors il vous pinçait l'autre bête juste à l'articulation de la patte de derrière et ne bougeait plus. Oh! il ne gesticulait pas; non, pas si bête! Il restait là ferme, bien agrippé, un vrai crampon, jusqu'à la clôture. Il y serait resté toute l'année, l'éternité au besoin. Smiley gagnait toujours avec cet animal-là. André Jackson n'eut le dessous qu'une seule fois, et encore parce qu'il eut affaire à un chien qui n'avait pas de pattes de derrière, toutes les deux lui ayant été ratissées par une scie circulaire qui ne lui avait pas crié gare.

Ce jour-là, quand la chose fut cuite à point, quand tout l'argent de l'assistance fut sorti, André Jackson prit son élan pour happer l'autre animal à sa façon. Mais, en un clin d'œil, il s'aperçut qu'on s'était joué de lui et qu'il n'y avait plus à tortiller avec un tel adversaire. Il parut d'abord tout surpris, puis tout découragé. On vit qu'il renonçait dès lors à la victoire ; il fut battu après avoir reçu de déplorables atouts. Alors il leva les yeux vers Smiley, comme pour lui dire qu'il avait le cœur brisé, mais que ce n'était pas sa faute ; qu'il n'y avait pas moyen de pincer par ses pattes de derrière un chien qui n'en avait pas ; et immédiatement il tomba comme un plomb et rendit l'âme. C'était une brave petite bête, c'en était une, ce pauvre André Jackson ; et il se serait fait un nom s'il avait vécu, car il avait de l'étoffe, il avait vraiment du génie. Ça me fait toujours de la peine quand je pense à sa dernière bataille et à la triste issue qu'elle eut pour lui.

Bon! à cette époque-là, Smiley entretenait aussi des chiens ratiers, des coqs de combat et toutes sortes de bêtes, si bien qu'il n'y avait pas moyen de ne pas parier quelque chose avec lui. Un jour il attrapa une grenouille, l'emmena chez lui et dit qu'il allait lui donner de l'éducation. Et de fait, il lâcha tout pendant trois mois pour rester constamment dans sa cour de derrière, où il lui apprenait toute la journée à sauter.

Vous auriez gagé, parbleu! qu'il ne lui aurait jamais appris ça. Eh bien, si! Il lui donnait un petit coup sur le derrière, et la minute d'après vous voyiez cette grenouille sauter en l'air comme une fusée, faire une culbute, deux culbutes même, si elle avait bien pris son élan; puis elle retombait par terre sur ses quatre pattes, comme un chat. Il lui apprit aussi à attraper les mouches, et l'exerça si bien, qu'à première vue et du premier coup elle n'en ratait pas une. Smiley disait qu'avec un peu d'éducation, une grenouille était bonne à tout faire; et vraiment je n'en doute pas. Dame! que voulez-vous? je l'ai vu poser Daniel Webster sur ce parquet (elle s'appelait Daniel Webster, la grenouille!) et chanter ceci: — Vole, vole, mon petit Daniel! Et en un clin d'œil la bête s'était élancée, avait gobé une mouche sur le comptoir, là, et, revenue à son poste, aussi solide qu'une motte de terre, se grattait la tête de sa patte postérieure, avec autant d'indifférence que si elle n'avait fait autre chose que ce que font tous les jours toutes les autres grenouilles. Vous n'avez jamais vu une grenouille aussi modeste et aussi raisonnable qu'elle, car en tout elle excellait. Mais c'est quand il s'agissait de sauter bel et bien, de sauter carrément sur un terrain plat, qu'il fallait la voir ! elle allait plus loin d'un bond qu'aucun autre animal de son espèce. Sauter sur un terrain plat c'était son fort, vous entendez ; et, chaque fois qu'on en venait là, Smiley aurait mis sur elle son dernier dollar. Il était énormément fier de sa grenouille, et il avait bien raison ; des gens qui avaient voyagé partout, qui avaient tout vu et connu, avouaient que Daniel Webster laissait bien loin derrière elle toutes les grenouilles du monde.

Bon! Smiley nourrissait la bête dans une petite boîte à claire-voie, et il l'apportait souvent à la ville pour engager des paris sur elle. Une fois, un individu (il était étranger au campement) vint à lui, comme il portait la bête, et lui dit : — Que, diable! pouvez-vous bien avoir là-dedans ?

— Peut-être bien un perroquet, peut-être bien un canari, n'est-ce pas? répondit Smiley avec une parfaite indifférence. Eh bien! non, monsieur. Ce n'est justement qu'une grenouille.

L'individu lui demanda la boîte, regarda attentivement au fond, s'écarquilla les yeux, la tourna et retourna dans tous les sens, et finit par dire : — Oui, c'est vrai. Mais enfin, à quoi vous sert cette bête-là ?

— Oh ! fit Smiley, sans avoir l'air d'y toucher, elle a au moins cela de bon, à mon humble avis, qu'elle peut sauter plus loin que n'importe quelle autre grenouille du pays de Calaveras.

L'individu reprit la boîte, y regarda de nouveau, longuement, attentivement, la rendit à Smiley, et ajouta d'un ton dégagé : — Ma foi, je ne vois dans cette grenouille aucune apparence qu'elle l'emporte sur les autres grenouilles.

— Possible que vous n'en voyiez aucune! répliqua Smiley; possible que vous sachiez ce que c'est qu'une grenouille, et possible que vous n'en sachiez rien! Quoi qu'il en soit, j'ai mon opinion, et je parierais bien vingt dollars que cette bête dépassera n'importe quelle grenouille de Calaveras.

L'individu réfléchit un moment, et reprit alors d'un ton plus doux et comme à regret : — Mon Dieu! je ne suis qu'un étranger ici, et je n'ai pas de grenouille; mais si j'en avais une, je tiendrais la gageure.

Et alors Smiley dit : — Très bien, très bien! Voulez-vous tenir ma boîte une minute? J'irai vous attraper une autre grenouille.

Et ainsi l'individu prit la boîte,

paria quarante dollars avec Smiley, et s'assit en attendant qu'il revînt.

L'individu resta là un bon bout de temps, pensant et pensant en lui-même ; et alors il prit la grenouille, lui ouvrit la gueule toute grande, et avec une petite cuiller la lui remplit de petit plomb, l'en bourra presque jusqu'au menton ; puis il remit la boîte en place, comme si de rien n'était. Quant à Smiley, il était allé à un étang voisin ; après avoir longtemps pataugé dans la vase, il trouva enfin une grenouille, la rapporta et la donna à l'individu.

— Maintenant, dit-il, êtes-vous prêt ? Bon ! mettez votre bête à côté de Daniel, leurs pattes de devant bien alignées. Y êtes-vous? je donne le signal.

L'alignement établi, il cria : — Un, deux, trois! Sautez!

Et chacun d'eux pressa au même instant sa grenouille par derrière. La nouvelle grenouille sauta. Daniel voulut sauter aussi, Daniel fit un effort, haussa les épaules, tenez! comme ça, à la française. Mais, bah! Daniel ne pouvait plus bouger! La pauvre bête semblait plantée là aussi solidement qu'une enclume. On eût dit qu'elle était ancrée sur place. Smiley n'en fut pas médiocrement écœuré. Mais il n'eut pas la moindre idée de ce qui s'était passé en son absence. Naturellement!

Le camarade prit l'argent des

enjeux et fila. Quand il fut à quelques pas, il retourna la tête à demi, et, désignant Daniel du pouce pardessus l'épaule, il répéta d'un ton fort délibéré : — Eh bien! ma foi, non, je ne vois rien dans cette grenouille qui la classe au-dessus des autres grenouilles.

Smiley resta tout interloqué, se gratta la tête, et regarda longuement Daniel échouée par terre à ses pieds. « Ce que je ne comprends pas, se dit-il à la fin, c'est pourquoi, diable, cette grenouille n'a pas bougé. Je ne sais pas ce qu'elle a ; on dirait qu'elle est chargée comme un âne. » Il se pencha, saisit Daniel par la peau du cou, et souleva la bête. — « Que le diable m'emporte! grogna-t-il aussitôt, si elle ne pèse pas plus de cinq livres! » Alors il lui mit la tête en bas, et elle rendit immédiatement deux pleines cuillerées de petit plomb. Il se frappa le front avec désespoir. Enfin il comprenait tout. Il eut un accès de rage folle. Il rejeta Daniel. Il se mit à courir avec frénésie. Il voulait rattraper le camarade. Mais le camarade était déjà loin. Naturellement! Et Jim ne revit jamais ses talons.

Bon! quelque temps après, Jim se procura...

A ce point de son récit, Simon Wheeler s'entendit appeler dehors par son nom.

— Restez tranquillement ici, me dit-il; je vais voir ce qu'on me veut, je reviens dans une seconde.

Mais, avec votre permission, j'étais suffisamment édifié sur le compte de Jim. Je pris aussi le chemin de la porte. Sur le seuil, je rencontrai Simon qui rentrait bien vite. Il m'arrêta par un bouton de mon paletot, et reprit avec placidité son histoire :

— Eh ! bien, voyez-vous, ce brave Smiley se procura une autre fois une vache borgne et dénuée de toute espèce de queue...

— Que Smiley, sa vache borgne et toute sa ménagerie aillent se faire pendre ailleurs ! m'écriai-je avec toute la bénignité dont je fus capable.

Sur ce, je souhaitai le bonsoir à mon vieux bavard et m'esquivai rapidement.

LE JOURNALISME

DANS LE TENNESSEE

Le médecin me persuada qu'un climat plus doux me ferait du bien. Je partis donc pour le Tennessee, et bientôt ma collaboration fut acquise au journal *La Gloire du matin et le Cri de guerre du comté de Johnson*. Quand je vins me mettre à la besogne, je trouvai le rédacteur en chef assis sur une chaise boiteuse et renversée en arrière; ses pieds reposaient en l'air sur une table de bois blanc. Il y avait dans la salle une autre table de bois blanc et une autre chaise invalide, toutes deux à moitié ensevelies sous des journaux, des feuilles de papier et des fragments de manuscrits. On y voyait en outre un crachoir à base de sable, rempli de bouts de cigare et de jus de chique, et un poêle dont la porte pendait par le gond supérieur. Le rédacteur en chef portait un habit noir à longue queue et un pantalon de toile blanche. Ses bottes étaient petites et soigneusement cirées. Il avait une chemise à manchettes, une large bague à cachet, un col droit d'un modèle démodé et un mouchoir à carreaux dont les bouts pendaient. Date du costume : vers 1848. Il était en train de fumer un cigare et de chercher des phrases; en se passant la main dans les cheveux, il avait notablement dérangé l'harmonie de sa coiffure. Il avait l'air épouvantablement renfrogné; je jugeai qu'il s'était mis à confectionner un article d'une espèce particulièrement noueuse. Il me dit de prendre les journaux reçus à titre d'*échange*, de les parcourir, et de condenser sous la rubrique : « Esprit de la presse du Tennessee » tout ce que j'y trouverais d'intéressant.

J'écrivis ce qui suit :

ESPRIT DE LA PRESSE DU TENNESSEE

« Les directeurs du journal *Le*

Tremblement de Terre semi-hebdomadaire travaillent évidemment sous l'empire d'une grande erreur en ce qui concerne le chemin de fer de Rosseteigne. La Compagnie n'a jamais eu l'intention de négliger Sotteville. Au contraire, elle considère cet endroit comme un des points les plus importants de la ligne, et conséquemment n'a aucun désir de le dédaigner. Les honorables rédacteurs du *Tremblement de Terre* seront naturellement heureux de faire la rectification.

« John W. Blossom, écuyer, l'intelligent directeur du journal *Le Coup de Foudre et le Cri de bataille de la Liberté*, d'Higginsville, est arrivé hier dans nos murs. Il est descendu à la maison Van Buren.

« Nous remarquons que notre confrère du journal *Le Hurlement matinal*, de Puits-de-Boue, est tombé dans l'erreur en supposant que l'élection de Van Werther n'était pas un fait établi ; mais il aura reconnu qu'il s'est trompé, avant que ces lignes lui parviennent : point de doute ! Il a été évidemment abusé par un compte rendu incomplet des élections.

« Nous sommes heureux d'annoncer que la cité de Blatherville tâche de faire un marché avec quelques honorables personnages de New-York pour paver, selon le système Nicholson, ses rues presque impraticables. Mais il est difficile pour une ville de se passer une pareille fantaisie, depuis que Memphis a fait faire un travail de cette espèce par une compagnie de New-York et a refusé de rien payer pour cela. Toutefois *Le Hurrah quotidien* recommande toujours cette mesure, en presse la réalisation, et semble sûr du succès final.

« Nous regrettons d'apprendre que le colonel Bascom, rédacteur en chef du *Cri de mort pour la Liberté*, est tombé le soir dans la rue, il y a quelques jours, et s'est cassé la jambe. Il était atteint d'anémie; cette affection provenait d'un excès de travail et d'inquiétudes au sujet de ses parents malades; on suppose qu'il aura marché trop longtemps au soleil, c'est ce qui l'aura fait choir. »

Je tendis le manuscrit au rédacteur en chef pour qu'il décidât de son sort, l'acceptât, le corrigeât ou le détruisît. Il le regarda, et sa figure se couvrit de nuages. Il parcourut les pages de haut en bas, et sa figure devint inquiétante. Il était aisé de voir que tout ne lui allait pas comme un gant. Soudain il sauta sur sa chaise et dit :

« — Éclairs et tonnerres! croyez-vous que je veuille parler ainsi de ces bestiaux-là? Croyez-vous que mes abonnés se contentent d'une pareille bouillie? Donnez-moi la plume! »

Jamais je ne vis une plume égratigner et écorcher le papier à droite et à gauche sur sa route avec autant de vice, ni labourer aussi implacablement les verbes et les adjectifs d'autrui.

Comme il était à moitié chemin, quelqu'un parut dans la rue, devant la fenêtre ouverte, et tira sur lui un coup de pistolet; le coup endommagea légèrement la symétrie de son oreille gauche.

« — Ah! dit-il, c'est cet animal de Smith du *Volcan de morale.* Il a eu son compte hier. » Et il tira de sa ceinture un revolver de marine. Il fit feu. Smith tomba, atteint à la cuisse. Smith se préparait à tirer un second coup. La direction de son arme fut faussée et le coup blessa un tiers. Le tiers, c'était moi. Un simple doigt enlevé.

Le rédacteur en chef poursuivit ses ratures et corrections. Comme il finissait, une bombe portative tomba par le tuyau du poèle et l'explosion brisa ce petit monument en mille morceaux. Cela n'occasionna du reste aucun autre accident, si ce n'est qu'un éclat vagabond m'emporta deux dents.

« — Ce poèle est tout à fait démoli », dit le rédacteur en chef.

Je répondis que je pensais qu'il l'était.

« — Bien, n'en parlons plus. Nous n'avons pas besoin de poèle par ce temps-ci. Je sais qui a fait le coup. Je le rattraperai. Maintenant, tenez, voici comment il faut rédiger vos machines. »

Je repris le manuscrit. Il était criblé de ratures et d'interlignes, à ce point qu'une mère ne l'aurait pas reconnu, s'il avait pu avoir une mère. Voici ce qu'il disait maintenant :

ESPRIT DE LA PRESSE
DU TENNESSEE

« Les invétérés faussaires du journal *Le Tremblement de Terre semi-hebdomadaire* sont évidemment en train de faire avaler par quelque noble et chevaleresque imagination une autre de leurs viles et brutales fourberies par rapport à cette glorieuse conception, une des plus glorieuses du XIXe siècle, le chemin de fer de Rosseteigne. L'idée que Sotteville devait être laissée de côté est sortie de leur propre cerveau, de leur cerveau obscène et stupide, ou plutôt des couches fécales qu'ils considèrent comme un cerveau. Ils auraient mieux fait d'avaler eux-mêmes cet inepte mensonge, s'ils avaient voulu épargner à leur dégoûtante carcasse de reptile la correction qu'elle mérite si richement.

« Blossom, cet âne du journal *Le Coup de Tonnerre et le Cri de bataille de la Liberté*, est revenu braire ici, chez Van Buren.

« Nous remarquerons que ces damnées canailles du *Hurlement matinal*, de Puits-de-Boue, ont soutenu, avec leur impudeur habituelle, que Van Werther n'avait pas été élu. La céleste mission du journalisme est de répandre la vérité, de déraciner l'erreur, de perfectionner, d'affiner les mœurs et les manières publiques, de rendre tous les hommes plus polis, plus vertueux, plus charitables, et en tous points meilleurs, plus purs, plus heureux; pourtant ces goujats au cœur d'encre dégradent leur grand sacerdoce avec une infâme persistance, en répandant la médisance, le mensonge, la calomnie et les grossièretés les plus dégradantes.

« Blatherville a besoin d'un pavage Nicholson. Blatherville a aussi besoin d'une prison et d'un asile. La belle idée de paver une ville qui possède en tout un seul cheval, deux fabriques de genièvre, une serrurerie et un cataplasme de journal appelé *Le Hurrah quotidien!* On ferait bien par là d'aller prendre des leçons à Memphis, où l'article est pour rien. Ce rampant insecte, Buckner, qui édite *Le Hurrah*, s'est mis à croasser à ce propos avec son ineptie accoutumée, et s'imagine qu'il parle pour de bon. Une telle sottise nous épouvante pour l'avenir du genre humain. »

« — Eh! bien, voilà comment il faut écrire, s'écria le rédacteur en chef : poivre et vinaigre! et faire revenir à point. Le journalisme à la crème me donne la nausée. »

A ce moment, une brique vint, à travers la croisée, me fracasser considérablement le dos. Je me mis hors de portée; je commençais à me sentir exposé.

Le chef dit : « C'est le colonel, probablement. Je l'attends depuis deux jours. Il va venir tout droit maintenant. »

Il ne se trompait pas. Le colonel apparut à la porte un moment après, un revolver de cavalerie à la main.

Il dit : « Monsieur, est-ce au poltron qui édite cette feuille galeuse que j'ai l'honneur de parler?

— A lui-même. Asseyez-vous, monsieur. Faites attention à la chaise; elle a perdu une de ses jambes. Je pense que j'ai l'honneur de m'adresser à ce beuglant Robert Macaire, qui se fait appeler le colonel Blatherskite Tecumseh.

— Oui, c'est moi. J'ai un petit compte à régler avec vous. Si vous en avez le loisir, nous allons commencer.

— J'ai un article à finir sur « les

encourageants progrès de la morale et le développement intellectuel en Amérique » ; mais ce n'est pas pressé. Commençons. »

Deux coups de pistolet firent explosion au même instant. Mon rédacteur en chef perdit une mèche de ses cheveux, et la balle du colonel finit sa carrière dans la partie charnue de ma cuisse. L'épaule du colonel fut éraflée. Ils firent feu de nouveau. Cette fois ils se manquèrent tous deux, mais je ne perdis pas ma part ; je fus atteint au bras. Au troisième feu, les deux combattants furent blessés légèrement, et j'eus le jarret coupé. Je me hasardai alors à dire que je pensais pouvoir sortir et faire une petite promenade, et que, l'entrevue de ces messieurs ayant un caractère absolument intime, j'avais quelque scrupule à y participer plus longtemps. Mais ces deux messieurs me prièrent de me rasseoir, en m'assurant que j'étais hors de portée. J'avais pensé le contraire jusqu'alors.

Ils parlèrent un instant des élections et des récoltes, et je me mis à bander mes blessures. Mais ils recommencèrent immédiatement le feu avec beaucoup d'entrain, et chaque coup porta; — or, je dois remarquer que, cinq fois sur six, c'est vers moi que se dirigèrent les balles. Le sixième coup blessa mortellement le colonel, qui observa, avec belle humeur, qu'il avait maintenant à nous souhaiter le bonjour, une affaire pressée l'appelant en ville. Puis il demanda l'adresse des Pompes-funèbres, le chemin pour y aller, et sortit.

Mon rédacteur en chef se tourna vers moi et dit : « J'attends de la compagnie à dîner ; il faut que je fasse un brin de toilette. Je vous serai fort obligé de lire les épreuves et de recevoir les clients. »

Je regimbai quelque peu à l'idée de recevoir la pratique, mais j'étais trop abasourdi par la fusillade, qui me résonnait encore dans les oreilles, pour penser à répliquer la moindre parole.

Il ajouta : « Jones sera ici à trois heures, — assommez-le ! Gillespie viendra un peu plus tôt peut-être, — jetez-le par la fenêtre ! Ferguson vous rendra visite sur les quatre heures, — tuez-le ! C'est tout pour aujourd'hui, je crois. S'il vous reste quelques minutes, vous pourrez écrire un grand article sur la police, et arranger comme il faut l'inspecteur en chef. Il y a des nerfs de bœuf et des cannes plombées sous la table ; — des armes dans le tiroir ; — des munitions, là, dans le coin ; — de la charpie et des bandes dans ces trous à pigeon. En cas d'accident, allez voir Lancet, le docteur, à l'étage supérieur. Nous lui faisons des réclames, visites comprises. »

Et le voilà parti. Je frissonnai. Trois heures plus tard, j'avais traversé de si terribles catastrophes, que j'avais à jamais perdu toute ma sérénité, tout mon courage. Gillespie était venu, et c'est *moi* qu'il avait jeté par la fenêtre. Jones l'avait promptement suivi, et c'est *moi* qu'il avait roué de coups. Un étranger imprévu, qui n'était pas dans le programme, était entré et m'avait scalpé. Un autre étranger, un monsieur Thompson, n'avait laissé de moi que des ruines et des débris, qu'un informe tas de loques sanglantes. A la fin, je me trouvai dans un coin, aux abois, en proie à une meute furieuse d'éditeurs, de rédacteurs, d'aventuriers et de coquins, qui extravaguaient, juraient, et brandissaient leurs armes sur ma tête. L'air semblait plein d'aveuglants reflets d'acier. Je me résignais à donner ma démission, quand mon rédacteur en chef rentra, suivi d'un ramassis d'amis enthousiastes. Il s'ensuivit une scène de pillage et de carnage que nulle plume humaine, nulle plume d'acier, d'oie ou de canard même, ne pourrait décrire. Il y eut des gens blessés, lardés, désarticulés, mutilés, renversés, jetés par la fenêtre, anéantis. Il y eut une courte éjaculation de sombres blasphèmes, avec une danse guerrière, aussi confuse que frénétique, et tout fut dit. Cinq minutes après, le silence régnait à la rédaction : mon chef sanguinaire et moi, nous restions seuls, assis sur des chaises doublement boiteuses et regardant les horribles débris qui jonchaient le sol autour de nous.

Il dit : « Vous vous plairez ici,

quand vous aurez un peu l'habitude.

—Pardonnez-moi, répondis-je. Je pourrais écrire comme vous le désirez. J'apprendrais vite votre langage ; j'en suis sûr, je l'apprendrais vite. Mais, pour vous parler franchement, je trouve que cette énergie d'expression a ses inconvénients, et qu'elle vous expose à des interruptions peu agréables. Vous le voyez vous-même. La littérature énergique est calculée pour élever le niveau de l'esprit public, nul doute ; mais je suis peu désireux d'attirer sur moi l'attention qu'elle commande. Je ne puis écrire posément, quand je suis interrompu comme je l'ai été aujourd'hui. J'aimerais assez la situation que j'ai ici, mais je n'aime pas du tout qu'on me laisse recevoir seul les visites. L'expérience est nouvelle pour moi, et jusqu'à un certain point intéressante, si l'on veut; mais je trouve que les rôles ne sont pas équitablement distribués. Un monsieur vous vise par la croisée, et me blesse, *moi*; une bombe portative est lancée par le tuyau de poêle, dans ma tête, à *moi*; un ami entre pour échanger des compliments avec vous, et c'est *moi* qu'il crible de balles, jusqu'à ce que ma peau ne puisse plus retenir mes principes. Vous allez dîner; et Jones m'éreinte, Gillespie me flanque par la fenêtre, Thompson me met en lambeaux. Puis un étranger absolument imprévu me scalpe avec toute la familiarité d'une vieille connaissance. En moins de cinq minutes, toute la canaille du pays se donne rendez-vous à la rédaction ; ces coquins arrivent dans un épouvantable attirail de guerre et se disposent à mettre à mort le peu qui reste de moi à coups de je ne sais quels tomahawks. Prenez-le comme vous voudrez, mais jamais je n'ai eu dans ma vie un jour aussi accidenté que celui-ci. Voyez-vous, je vous admire, et j'admire votre manière implacablement calme d'expliquer les choses aux visiteurs ; mais vous comprenez que je ne pourrais m'y faire. Non, non ! je ne saurais. Les cœurs du Midi sont trop expansifs, l'hospitalité méridionale est trop prodigue pour un étranger. Les alinéas que j'ai écrits aujourd'hui, et dans les froides phrases desquels votre main magistrale a infusé le fervent esprit du journalisme tennesséen, éveilleront un autre nid de guêpes. Tous ces coquins de journalistes viendront ; — et ils viendront en fureur, et ils voudront dévorer quelqu'un pour leur déjeuner. Je n'ai plus qu'à vous dire adieu. Je renonce à assister à ces solennités. Je suis venu dans le Midi pour ma santé ; je m'en retourne pour le même motif, et tout de suite. Le journalisme du Tennessee est trop nerveux pour moi. »

Cela dit, nous nous nous quittâmes avec de mutuels regrets, et je pris le lit à l'hôpital.

LA

« PETITE FEMME VIVE »

DU JUGE

Je siégeais ici, dit le Juge, à ce vieux pupitre, tenant Cour ouverte. Nous étions en train de juger un gros chenapan d'Espagnol, à mauvaise figure, accusé d'avoir assassiné le mari d'une charmante petite Mexicaine. C'était un jour d'été plein d'indolence, un jour horriblement long, et les témoins étaient assommants. Personne ne prenait le moindre intérêt aux débats, excepté cette nerveuse et inquiète petite diablesse de Mexicaine ; — vous savez comment elles aiment et comment elles haïssent, et celle-ci avait aimé son mari de toutes ses forces, et maintenant elle avait fait bouillir et tourner tout son amour en haine. Elle se tenait là, crachant par les yeux toute cette haine sur cet Espagnol ; parfois, je vous l'avoue, elle me remuait moi-même avec ses regards pleins d'éclairs et de tonnerres.

« Bien ! j'avais ôté ma redingote et mis mes talons à la hauteur de mes yeux, suant et tirant la langue, et fumant un de ces cigares de feuilles de chou que les gens de San-Francisco jugeaient assez bons pour nous en ce temps-là. Les jurés avaient également ôté leur redingote, suaient et fumaient; les témoins de même, le prisonnier comme les témoins.

« Bien ! le fait est qu'alors un meurtre ne présentait aucune espèce d'intérêt, parce que l'accusé était toujours renvoyé avec un verdict d'acquittement, les jurés espérant qu'il le leur rendrait un jour. Aussi, quoiqu'il y eût des charges accablantes, écrasantes, contre cet Espagnol, nous savions qu'il nous serait impossible de le condamner, sans avoir l'air d'avoir la main bien vive et sans inquiéter par ricochet tous les messieurs du pays ; car, personne ne pouvant se procurer voiture et livrée, le seul *genre* possible était de s'offrir son petit cimetière particulier.

« Mais cette femme semblait avoir décidé dans son cœur qu'on pendrait l'Espagnol. Il fallait voir comme elle le regardait, et comme elle me regardait ensuite d'une manière suppliante, et puis comme elle examinait pendant cinq minutes la figure des jurés, et comme alors elle mettait sa tête dans ses mains, un tout petit instant, d'un air las, et comme enfin elle la relevait, plus vive et plus anxieuse que jamais. Mais lorsque le verdict du jury eut été proclamé : « Non coupable ! » et que j'eus dit au prisonnier qu'il était acquitté et libre de s'en aller, cette femme se dressa d'une telle façon qu'elle parut aussi grande et aussi haute qu'un vaisseau de soixante-dix canons ; et elle dit :

« — Juge, dois-je entendre que vous avez proclamé non coupable cet homme qui a tué mon mari sans aucun motif, sous mes propres yeux et ceux de mon petit enfant ? Est-ce là tout ce que peuvent contre lui la justice et la loi ? »

« — Vous l'avez dit, » répondis-je.

« — Que pensez-vous qu'elle fit alors ? Eh bien ! elle se tourna vers le mauvais drôle d'Espagnol comme un chat sauvage, sortit un pistolet de sa poche et lui brûla la cervelle en pleine cour.

« — C'était vif, il faut l'admettre.

« — N'est-ce pas, c'était vif ? répéta le Juge avec admiration. Je ne voudrais, pour rien au monde, avoir perdu le coup d'œil. J'ajournai la Cour sur-le-champ ; chacun remit sa redingote et s'en alla. On fit une collecte pour la veuve et ses petits, et on les renvoya tous à leurs amis par delà les montagnes.

« Ah ! quelle petite femme vive ! »

COMMENT
JE
DEVINS UNE FOIS DIRECTEUR
D'UNE FEUILLE RURALE

Ce n'est pas sans appréhension que je me chargeai provisoirement de la direction d'une feuille rurale. Est-ce qu'on s'imagine aussi qu'un simple pékin, n'ayant pas le pied marin, prendrait sans appréhension le commandement d'un vaisseau? Mais je me trouvais en des circonstances qui me forçaient à chercher un salaire. Le directeur en titre du journal s'offrait des vacances, pour se rendre à je ne sais quelle cérémonie ; j'acceptai les offres qu'on me fit, et je pris sa place.

J'éprouvai avec délices la sensation d'être au travail de nouveau, et je travaillai toute la semaine avec un plaisir sans mélange. On mit enfin sous presse. J'attendis toute la journée avec une certaine anxiété, pour voir si mes efforts allaient attirer quelque peu l'attention. Comme je quittais le bureau, vers le coucher du soleil, un groupe d'hommes et d'enfants, qui s'était formé au pied de l'escalier, se remua tout d'un coup à ma vue, m'ouvrit un passage, et j'entendis une ou deux voix chuchoter : « C'est lui ! c'est lui ! » Je fus naturellement satisfait de cet incident. Le lendemain matin, je rencontrai un groupe semblable au pied de l'escalier et j'aperçus des gens qui se tenaient un par un, ou deux par deux, çà et là dans la rue, sur mon chemin, m'examinant avec un intérêt particulier. Le rassemblement s'ouvrit devant moi, et j'entendis quelqu'un qui disait : « Regardez donc ses yeux ! » Je feignis de ne pas remarquer l'attention que j'attirais, mais au fond du cœur j'en fus ravi et je me proposai d'écrire tout cela à ma famille. Je montai quelques marches; j'entendis des voix joviales et un éclat de rire au moment d'ouvrir la porte. En entrant, je vis du premier coup d'œil deux jeunes gens d'apparence campagnarde, dont la figure pâlit et s'allongea à mon apparition. Puis tous deux sautèrent par la fenêtre avec grand bruit. Je fus étonné.

A peu près une demi-heure plus tard, un vieux monsieur, à la barbe de fleuve, à la physionomie distinguée et quelque peu austère, entra, et, sur mon invitation, prit un siège. Il semblait préoccupé. Il ôta son chapeau, le posa sur le plancher, en tira un foulard rouge et un exemplaire du journal.

Il mit la feuille sur ses genoux, puis, nettoyant ses lunettes avec son foulard, il me dit : « Etes-vous le nouveau rédacteur en chef? »

Je répondis que je l'étais.

« Avez-vous jamais dirigé un autre journal d'agriculture auparavant ?

— Non, c'est mon début.

— Très vraisemblablement ! Avez-vous quelque expérience pratique en matière d'agriculture ?

— Non, je ne pense pas.

— Quelque chose me le disait », fit le vieux monsieur, mettant ses lunettes à cheval sur son nez, et, me regardant par-dessus ses lunettes avec quelque rudesse, tandis qu'il repliait son journal : « Voulez-vous que je vous lise ce qui m'a donné cette idée ? Voici l'article. Ecoutez et voyez si c'est bien vous qui l'avez écrit. »

Et il lut :

« Il ne faut jamais arracher les navets, ça leur fait du mal. Mieux vaut faire grimper quelqu'un et lui laisser secouer l'arbre. »

Et il me regarda de nouveau pardessus ses lunettes.

« Eh bien! qu'en pensez-vous? reprit-il; car positivement je présume que c'est vous qui avez écrit cela.

— Ce que j'en pense? Mais je pense que c'est bien. Je pense que c'est juste. Je suis sûr que chaque année des milliers et des millions de navets sont gâtés dans le pays, parce qu'on les arrache à moitié mûrs, tandis que si l'on faisait grimper un jeune homme pour secouer l'arbre...

— C'est votre cervelle qu'il faut

secouer ! Est-ce que les navets poussent sur les arbres?

— Oh ! non, non, n'est-ce pas? Mais qu'est-ce qui vous a dit qu'ils poussaient sur les arbres? L'article est métaphorique, purement métaphorique. Quiconque a de l'idée, aura compris tout de suite que c'est le prunier que le jeune homme doit secouer. »

Le vieux monsieur sauta sur sa chaise, déchira le journal en petits morceaux, foula ces petits morceaux sous ses bottes, cassa plusieurs objets mobiliers avec sa canne, et dit que je n'en savais pas plus qu'une vache. Alors il s'en alla, fracassa les portes, bref, se conduisit de façon à me faire croire que quelque chose lui avait déplu. Mais, ne sachant pas quoi, je ne pus rien y faire.

Un instant après, une longue créature cadavéreuse, avec des mèches flasques qui descendaient sur ses épaules et un chaume d'une semaine planté droit dans les vallées et sur les collines de son visage, s'élança dans le bureau, et soudain fit halte, immobile, un doigt sur les lèvres, la tête et le corps penchés dans l'attitude de quelqu'un qui écoute. Aucun son ne se faisait entendre. La créature écoutait toujours. Rien encore! Alors elle tourna la clef dans la serrure et vint avec précaution vers moi, sur la pointe des pieds. A quelques pas de moi, cet étrange individu s'arrêta; il scruta un moment ma figure avec un intérêt intense, tira de son sein un exemplaire plié de notre journal, et dit :

« — Voyons, vous avez écrit cela ? Lisez-moi cela, vite, vite, vite ! Soulagez-moi. Je souffre. »

Je lui lus ce qui suit ; et tandis que les phrases tombaient de mes lèvres, je pouvais voir le soulagement lui venir, je pouvais voir ses muscles contractés se détendre, l'anxiété quitter son visage, et la sérénité revenir doucement sur ses traits, comme un suave clair de lune sur un paysage désolé.

Voici ce que je lus :

« Le guano est un bel oiseau, mais il faut beaucoup de soins pour l'élever. Il ne doit pas être importé plus tôt qu'en juin, ni plus tard qu'en septembre. L'hiver, il faut le laisser dans un endroit chaud, où il puisse couver ses petits.

« Sur la Citrouille. — Ce fruit est en faveur chez les natifs de l'intérieur de la Nouvelle-Angleterre, lesquels le préfèrent aux groseilles à maquereau pour faire les tartes, et pareillement lui donnent la préférence sur les framboises pour alimenter les vaches, comme plus nourrissant et tout aussi satisfaisant. La citrouille est le seul comestible de la famille des oranges qui puisse réussir dans le Nord, si l'on excepte la courge et une ou deux variétés du melon. Mais l'habitude qu'on avait de la planter sur le devant des jardins est en train de s'en aller très vite, car il est aujourd'hui généralement reconnu que la citrouille, comme ombrage, ne fait pas bien.

« En ce moment, comme les chaleurs approchent et que les dindons commencent à frayer... »

Mon auditeur surexcité ne put y tenir : il bondit vers moi, me serra les mains et dit :

« Voilà ! voilà ! ça suffit. Je sais maintenant que je n'ai rien, car vous avez lu cet article juste comme moi, mot pour mot. Mais, jeune étranger, quand je l'ai lu ce matin pour la première fois, je me suis dit : « Jamais, jamais, je ne l'avais cru jusqu'à présent, mais je le crois maintenant ; je suis fou, fou ! » Et avec cela j'ai poussé un hurlement que vous auriez pu entendre d'une lieue ; puis je me suis sauvé pour tuer quelqu'un, car, vous savez, je sentais que j'en viendrais là un jour ou l'autre, et je pensais qu'il valait mieux en avoir le cœur net tout de suite. J'ai relu un de ces paragraphes d'un bout à l'autre, afin d'être bien convaincu de ma folie, et alors j'ai brûlé ma maison de fond en comble et je suis parti. J'ai estropié plusieurs personnes, et j'ai mis quelqu'un à l'ombre, dans un arbre où je suis sûr de le retrouver si j'ai besoin de lui. Puis j'ai pensé à monter ici, en passant devant le bureau, pour tirer définitivement la chose au clair ; et maintenant ça y est, et je vous réponds que c'est bien heureux pour le bonhomme qui est dans l'arbre. Je l'aurais tué, pour sûr, en revenant. Bonjour, monsieur, bonjour! vous m'avez ôté un grand poids de l'esprit. Ma raison a soutenu le choc d'un de vos articles d'agriculture, et je sais que rien ne pourra l'altérer maintenant. Bonjour, monsieur! »

Je ne me sentis pas tout à fait à mon aise en pensant aux incendies et aux crimes que s'était offerts cet individu, car je ne pouvais m'empêcher de me sentir un peu son complice; mais ces idées s'évanouirent vite, car le directeur en titre du journal fit son entrée.

Le directeur paraissait triste, perplexe, abattu.

Il considéra les ruines que le vieux monsieur et les deux jeunes fermiers avaient faites, et dit :

« Voilà une mauvaise affaire, une très mauvaise affaire. La bouteille à la colle est en pièces ; il y a six carreaux de cassés, plus une patère et deux chandeliers. Mais là n'est pas le pire. La réputation du journal est perdue, et irrévocablement, j'en ai peur. Jamais, à la vérité, je n'avais vu pareille foule le demander ; jamais on n'en a vendu tant d'exemplaires ; jamais il ne s'est élevé à une telle célébrité. Mais quelle célébrité que celle qu'on doit à sa folie ! quelle prospérité que celle qu'on doit à ses infirmités ! Mon ami, aussi vrai que je suis un honnête homme, la rue, là dehors, est pleine de gens qui vous attendent, qui veulent voir comment vous êtes fait, parce qu'ils pensent que vous êtes fou. Ils vous guettent, il y en a de perchés partout. Et cela se comprend, après la lecture de vos articles. Ils sont une honte pour le journalisme. Voyons, qui diable! vous a mis dans la tête que vous étiez capable de diriger une feuille de cette nature? Vous semblez ne pas connaître les premiers rudiments de l'agriculture. Vous parlez d'un boyau et d'un hoyau comme si c'était la même chose. Vous parlez d'une saison de la mue pour les vaches. Vous recommandez l'apprivoisement du putois, pour sa folâtrerie et ses qualités supérieures de ratier. Votre remarque — que les colimaçons restent tranquilles si on leur joue de la musique — est superflue, entièrement superflue. Rien ne trouble les colimaçons. Les colimaçons restent toujours tranquilles, les colimaçons se fichent pas mal de la musique. Ah ! terre et cieux ! mon ami, si vous aviez fait de l'ignorance l'étude de votre vie entière, vous ne pourriez pas en avoir acquis une plus forte dose. Je n'ai jamais vu rien de pareil. Votre observation — que les marrons d'Inde, comme articles de commerce, sont de plus en plus en faveur — est tout simplement calculée pour détruire le journal. Je viens vous prier d'abandonner votre place et de partir. Je ne veux plus prendre de vacances, je ne pourrais pas en jouir si j'en prenais. Non, certainement, je ne le pourrais pas, vous sentant ici. J'aurais continuellement peur de vos prochaines recommandations. Je perds patience chaque fois que je songe à cette dissertation sur les bancs d'huîtres, que vous avez intitulée *Jardinage paysagiste*. Je vous somme de vous en aller. Rien sur terre ne pourra m'induire à prendre de nouvelles vacances. Ah! pourquoi ne m'avez-vous pas dit que vous ne connaissiez rien à l'agriculture!

— Qu'est-ce que c'est? Qu'est-ce que j'avais à vous dire, à vous, brin d'avoine, à vous, navet, à vous, fils de chou-fleur? C'est la première fois que j'entends un langage aussi singulier. Je vous dis que j'ai fait quatorze ans de journalisme, et c'est la première fois que j'entends dire qu'il faille connaître quoi que ce soit pour faire un journal. Triple panais ! Quels sont donc les bonshommes qui écrivent la critique dramatique dans les grands journaux ? Eh bien ! mais rien que des cordonniers et apprentis apothicaires émancipés, qui s'entendent juste autant au théâtre que moi à l'agriculture, pas un iota de plus. Quels sont les bonshommes qui y font la revue des livres ? Des jeunes gars qui n'en ont jamais écrit un seul. Et ceux qui écrivent les forts articles de finance ? Des va-nu-pieds qui ont eu toute espèce de chances pour n'y rien connaître. Et les littérateurs qui critiquent les campagnes de nos officiers contre les Peaux-Rouges ? Des messieurs qui ne sauraient distinguer une tente de guerre d'un wigwam et n'ont jamais vu un tomahawk.

« Quels sont ceux aussi qui, sur le papier, préconisent la tempérance, et pérorent contre les débordements de l'orgie? Justement les plus joyeux compères et les plus grands amateurs de franches-lippées, gens qui ne commenceront qu'au tombeau l'apprentissage de la sobriété. Et quels êtres dirigent donc les feuilles rurales, s'il vous plaît, farceur que vous êtes? Des individus qui, règle générale, ont échoué dans la carrière poétique, dans la carrière des romans à couverture jaune, dans la carrière des drames à sensation, dans la carrière des feuilles urbaines, et qui, finalement, retombent dans l'agriculture comme dans un asile provisoire contre la mendicité et l'hôpital. *Vous* voulez m'apprendre, à *moi*, quelque chose en fait de journalisme! Monsieur, j'ai traversé le journalisme de part en part, de fond en comble, d'Alpha à Oméga, et je vous affirme que moins un journaliste en sait, plus il fait de bruit et d'argent. O mon Dieu! si j'avais eu le bonheur d'être ignorant au lieu d'être cultivé, d'être impudent au lieu d'être modeste, j'aurais certainement pu me faire un nom à moi dans ce monde égoïste et froid. Je prends congé de vous, monsieur ; puisque j'ai été traité comme vous m'avez traité, je ne désire rien tant que de m'en aller. Mais j'ai la conscience d'avoir fait mon devoir. J'ai rempli mon engagement autant qu'il a été en mon pouvoir de le faire. Je vous avais dit que je pouvais rendre votre feuille intéressante pour toutes les classes de la société, et je l'ai fait. Je vous avais dit que je pourrais élever votre vente à vingt mille exemplaires, et si vous m'aviez seulement laissé libre une quinzaine, je l'aurais fait. Je vous ai donné la meilleure catégorie de lecteurs que puisse jamais avoir une feuille rurale : celle où il ne se trouve pas un seul cultivateur, pas un seul valet de ferme, pas une seule bourrique champêtre, mais rien que des individus qui, même pour sauver leur vie, ne sauraient dire quelle différence il y a entre un melon d'eau et une pèche de vigne. C'est *vous*, n'en doutez pas, vous seul qui perdez à notre rupture, vous, espèce de prunier pour bocal. Adieu. »

Et je sortis.

POUR GUÉRIR UN RHUME

Il est bon, peut-être, d'écrire pour l'amusement du public; mais il est infiniment plus relevé et plus noble d'écrire pour son instruction, son profit, son bénéfice actuel et palpable. C'est l'unique objet de cet article. S'il a quelque efficacité pour rappeler à la santé un seul de mes semblables, pour rallumer une fois de plus la flamme de l'espoir et de la joie en ses yeux, pour rendre à son cœur abattu les vifs et généreux battements des beaux jours, je serai amplement récompensé de mon travail; mon âme pourra connaître alors les saintes délices qu'éprouve un chrétien quand il a fait une action bonne et désintéressée.

Quand la Maison-Blanche fut incendiée, je perdis mon intérieur, ma félicité, ma santé et ma malle. La perte des deux premiers objets n'était pas de grande conséquence. On se refait aisément un intérieur, lorsque dans l'intérieur perdu il n'y avait ni mère, ni sœur, ni parente à un degré quelconque, pour vous rappeler, en rangeant vos bottes et votre linge sale, que quelqu'un au monde pensait à vous. Quant à la perte de ma félicité, ça m'était fort égal, par cette raison que, n'étant pas poète, la mélancolie ne pouvait longtemps cohabiter avec moi.

Mais perdre une bonne santé et une meilleure malle, c'était infiniment plus sérieux.

Le jour même de l'incendie, ma santé succomba sous l'influence d'un rhume cruel, que j'attrapai en faisant des efforts surhumains pour recouvrer ma présence d'esprit. Du reste, ça ne me servit absolument à rien, le plan que je combinai alors pour éteindre le feu étant si compliqué, que je ne pus le compléter avant la fin de la semaine suivante.

La première fois qu'il m'arriva d'éternuer, un ami me conseilla de prendre un bain de pieds bouillant et de me mettre au lit. Ce qui fut fait.

Peu après, un autre ami me conseilla de me lever et de prendre une douche froide. Ce qui fut fait également. Sur l'heure, un troisième ami m'assura qu'il fallait toujours, suivant le dicton, « nourrir un rhume et affamer une fièvre ». Rhume et fièvre, j'avais les deux. Aussi pensai-je faire pour le mieux en m'emplissant d'abord l'estomac pour nourrir le rhume, et en allant subséquemment affamer la fièvre à l'écart.

En pareil cas, rarement je fais les choses à moitié. Je me mis donc à manger de bel appétit. Je donnai ma pratique à un étranger qui venait d'ouvrir un restaurant le matin même. Il attendit près de moi, dans un respectueux silence, que j'eusse fini de nourrir mon rhume, et alors me demanda si l'on était très sujet aux rhumes en Virginie. Je répondis affirmativement. Alors il sortit, ôta son enseigne et ferma boutique.

Je me rendis à mes affaires. Chemin faisant, je rencontrai un quatrième ami intime; il me dit qu'il n'y avait rien au monde pour guérir un rhume comme un verre d'eau salée bien chaude. J'avais peur de ne plus avoir la moindre place vacante dans mon estomac. A tout hasard, j'essayai d'avaler. Le résultat fut merveilleux. Je crus que j'allais rendre mon âme immortelle.

Je n'écris ces détails que pour le profit de ceux qui sont affligés d'un malaise pareil au mien; qu'ils se gardent de l'eau salée chaude. Ce peut être un bon traitement, mais c'est un traitement de chien. Si j'attrapais un autre rhume de cerveau, et qu'il me fallût absolument, pour m'en débarrasser, choisir entre un tremblement de terre et un verre d'eau salée chaude, ma foi! je crois que je préférerais avaler tout le tremblement.

Quand l'orage suscité dans mes entrailles se fut calmé, ne rencontrant aucun autre bon Samaritain pour me donner aucun autre bon conseil, j'allai, empruntant partout des mouchoirs de poche et les mettant en bouillie, tout à fait comme au début de mon rhume. Survint une dame, qui me dit arriver justement de par delà les plaines. Elle habitait, paraît-il, un pays où généralement les médecins brillaient par leur absence; elle s'était donc trouvée dans la nécessité d'acquérir une habileté considérable pour la guérison des petites indispositions courantes. Je compris qu'elle devait avoir beaucoup d'expérience, car elle semblait avoir cent cinquante ans.

Elle me fit une décoction de mélasse, d'eau-forte, de térébenthine et autres drogues amalgamées, et me prescrivit d'en prendre un petit verre tous les quarts d'heure. Le premier quart d'heure fut suffisant. A peine le breuvage avalé, je me sentis entraîné hors de tous mes gonds, dans les bas-fonds les plus horribles de la nature humaine.

Sous sa maligne influence, mon cerveau conçut des miracles de perversité, que mes mains furent heureusement trop faibles pour réaliser. J'avais épuisé toutes mes forces à expérimenter les divers remèdes qui devaient infailliblement guérir mon rhume; sans cela j'aurais été, je crois, jusqu'à déterrer, oui, jusqu'à déterrer les morts dans les cimetières.

Comme bien des gens, j'ai parfois des pensées peu avouables, suivies d'actions peu louables. Mais jamais je ne m'étais reconnu une telle dépravation, une dépravation aussi monstrueusement surnaturelle. J'en fus fier.

Au bout de dix jours, j'étais en état d'essayer d'un autre traitement.

Je pris encore quelques remèdes infaillibles, et, finalement, je fis retomber mon rhume de cerveau sur la poitrine.

Je ne cessai de tousser. Ma voix descendit au-dessous de zéro. Chacun des mots que je prononçais roulait comme un tonnerre, à deux octaves plus bas que mon diapason ordinaire. Je ne pouvais régulièrement m'assurer quelques heures de sommeil, la nuit, qu'en toussant jusqu'à complète extinction de mes forces. Et encore, si j'avais le malheur de rêver et de parler en rêve, le son fêlé de ma voix discordante me réveillait en sursaut.

Mon état s'aggravait chaque jour. On me recommanda le *gin* pur. J'en pris. Puis le *gin* à la mélasse. J'en pris également. Puis le *gin* aux oignons. J'ajoutai les oignons, et je pris les trois breuvages mêlés. Je ne découvris aucun résultat appréciable. Ah! pardon, mon haleine commença à battre la cloche et à bourdonner terriblement.

Je découvris qu'il fallait voyager pour me rétablir. Je partis pour le lac Bigler, avec mon camarade, le reporter Wilson. Je suis heureux de me souvenir que nous voyagions dans le plus haut style. Mon ami avait pour bagage deux excellents foulards de soie et une photographie de sa grand'mère. Tout le jour, nous chassions, nous pèchions, nous canotions, nous dansions; et je soignais mon rhume toute la nuit. Par ce procédé, je réussis à obtenir un mieux satisfaisant à chaque minute. Mais mon indisposition continuait tout de même à empirer. C'est singulier.

Un *bain-au-drap* me fut recommandé. Je n'avais encore reculé devant aucun remède ; il me sembla honteux, ridicule et stupide de commencer le recul devant celui-là. Donc, je résolus de prendre un *bain-au-drap*, quoique je n'eusse pas la moindre idée de ce que ce pouvait bien être.

Le bain me fut administré à minuit. Il gelait fort. J'avais la poitrine et le dos nus. On enroula autour de moi un drap trempé dans l'eau glacée. Maudit drap ! il semblait qu'il y en eût cinq cents mètres. On l'enroula, on l'enroula jusqu'au bout, jusqu'à ce que je fusse devenu parfaitement semblable à un énorme paquet de torchons.

Vrai ! c'est un cruel expédient. Quand le linge glacé touche votre peau tiède, ça vous fait bondir violemment ; ça vous fait ouvrir la bouche comme un four, comme s'il vous fallait avaler un obélisque, comme si l'on allait perdre la respiration, juste à l'instar des agonisants. Ça me gela la moelle des os ; ça m'arrêta les battements du cœur. Je crus mon heure venue.

Ne prenez jamais un *bain-au-drap*, jamais ! Après la rencontre d'une connaissance féminine qui, pour des raisons connues d'elle seule, ne vous voit pas quand elle vous regarde et ne vous reconnaît pas quand elle vous voit, il n'y a pas de chose plus désagréable au monde.

Mais continuons. Le *bain-au-drap* ne m'ayant fait aucun bien (au contraire!), une dame de mes amies me recommanda l'application d'un emplâtre de graine de moutarde sur la poitrine. Je pense que, pour le coup, j'aurais été radicalement guéri sans le jeune Wilson. Quand je fus pour me mettre au lit, je posai l'emplâtre, un superbe emplâtre de dix-huit pouces carrés, sur la table de nuit, à ma portée. Mais le jeune Wilson se réveilla avec une fringale diabolique et dévora l'emplâtre, tout l'emplâtre. Jamais je n'ai vu personne avoir un pareil appétit. Je suis sûr que cet animal-là m'aurait dévoré moi-même, si j'avais été bien portant.

Après un séjour d'une semaine au lac Bigler, je me rendis à Steamboat-Springs, et, outre les bains de vapeur, je pris un tas de médecines les plus horrifiques qu'on ait jamais concoctionnées. On m'aurait bien guéri à la fin, on en était sûr ; mais j'étais obligé de revenir en Virginie. Je revins, et, malgré une série très panachée de nouveaux traitements, j'aggravai encore mon malaise par toutes sortes d'imprudences.

Enfin, je résolus de visiter San-Francisco. Le premier jour que j'y passai, une dame me dit de boire, toutes les vingt-quatre heures, un quartaut de whisky, et un ami de

New-York me conseilla juste la même absorption. Chacun me conseillant de boire un quartaut, ça me faisait un demi-gallon à avaler. J'avalai. Je vis encore. Miracle!

C'est dans les meilleures intentions du monde, je le répète, que je soumets ici aux personnes plus ou moins atteintes du même mal, la liste bigarrée des traitements que j'ai suivis. Elles peuvent en tâter, si ça leur fait plaisir. Au cas où elles n'en guériraient pas, le pis qui puisse leur arriver, c'est d'en mourir.

AVIS

AUX

BONNES PETITES FILLES

Une bonne petite fille ne doit pas faire la grimace à sa maîtresse à tout propos ; elle doit réserver cela pour les circonstances d'une importance particulière.

Si une bonne petite fille n'a qu'une méchante poupée en haillons, simplement bourrée de son, tandis qu'une de ses heureuses compagnes de jeux possède une magnifique poupée Huret, la première doit néanmoins traiter la seconde avec la plus cordiale amitié, et ne chercher aucunement à prendre sur celle-ci une revanche plus ou moins sensible, encore que sa conscience puisse l'en absoudre et qu'elle se sente absolument capable de prendre cette revanche.

Une bonne petite fille ne doit jamais arracher de force les joujoux des mains de son petit frère. Mieux vaut le séduire par la promesse de la première pièce de sept francs cinquante centimes qu'on trouvera flottant au fil de l'eau sur une pierre meulière. Avec la simplicité inhérente à son jeune âge, il croira conclure une affaire magnifique. A tous les âges, d'ailleurs, de semblables et non moins douces illusions ont conduit les pauvres enfants à la ruine et aux catastrophes.

Si une bonne petite fille veut corriger son petit frère, elle ne doit pas lui jeter de poussière au visage ; non ! Mieux vaut lui jeter sur la tête une bonne bouilloire d'eau chaude, qui le débarbouillera bien et lui enlèvera toute espèce de saleté de la peau, et même peut-être un peu la peau par-ci par-là.

Si la maman d'une bonne petite fille lui dit de faire une chose, il est vilain de répliquer : « Je ne le ferai pas ! » Il est meilleur et plus convenable de répondre qu'on le fera, sauf à agir par la suite suivant ses propres lumières.

Une bonne petite fille ne doit

jamais oublier que c'est à ses bons parents qu'elle doit son pain, son doux lit et ses beaux habits, et le privilège de rester à la maison et de ne pas aller à l'école quand elle dit qu'elle est malade. Elle doit donc respecter les petits travers et supporter les petites tracasseries de ses bons parents, jusqu'à ce que ça devienne réellement insupportable.

Une bonne petite fille doit toujours exhiber une déférence marquée pour les vieilles gens. Elle ne doit jamais tracasser les aïeux, à moins qu'ils ne la tracassent eux-mêmes les premiers.

Une bonne petite fille ne doit jamais, si sa maman l'a mise au pain sec, se venger de sa maman en lui cachant ses souliers de bal dans la fameuse cachette où une dame de la cour ne put jamais retrouver les siens, une fois, à Compiègne. Non ! il vaut mieux tout simplement les donner à un pauvre aveugle, dans la rue.

CONCERNANT
LES
FEMMES DE CHAMBRE

Contre toutes les femmes de chambre, quels que soient leur âge, leur couleur et leur nationalité, je déchaîne ma malédiction de célibataire.

Parce que :

Elles mettent toujours les oreillers juste du côté du lit où n'est pas la table de nuit ; de telle sorte que quand vous lisez et fumez avant de vous endormir (c'est l'ancienne et honorée coutume des célibataires), il vous faut tenir votre livre ou votre journal en l'air, dans une position fatigante.

On se décide à changer les oreillers de place, à la fin, naturellement.

Mais quand, le lendemain matin, elles trouvent les oreillers de l'autre côté du lit, la leçon ne leur profite pas. Elles vous en veulent. Glorieuses de leur pouvoir absolu, sans pitié pour notre faiblesse et notre abandon, elles refont le lit strictement comme la veille, et se réjouissent en secret des angoisses que nous cause leur tyrannie.

Et toujours, et toujours, et dans les siècles des siècles, elles remettent les oreillers où il ne faut pas. Elles ont, avec cela, un air de défi. Elles saturent d'amertume la vie que Dieu vous a donnée.

Au besoin, pour vous faire enrager et vous mettre mal à l'aise, elles installent votre lit dans un courant d'air, et cachent votre table de nuit.

Si vous posez ingénieusement votre malle à cinquante centimètres du mur, pour ne pas heurter le couvercle en l'ouvrant et le faire tenir droit une fois ouvert, elles poussent toujours votre malle tout contre la muraille; elles guettent votre malle pour exécuter cela : elles le font exprès.

Si vous avez besoin du crachoir ici ou là, elles l'emportent toujours ailleurs, à l'autre extrémité de la chambre.

Elles vous logent toujours vos chaussures en des lieux inaccessibles. Elles se plaisent surtout à les glisser aussi loin que possible sous votre lit.

Pourquoi ça? pour que ça vous force à vous mettre à quatre pattes, à tâtonner dans le noir et dans la poussière, et à jurer épouvantablement.

Il n'y a pas de danger que vous trouviez jamais les allumettes à leur place. Elles leur inventent tous les jours une nouvelle cachette ; et elles leur substituent une bouteille ou un verre, ou quelque chose de plus fragile encore, s'il est possible, afin que la nuit, en vous éveillant, vous cassiez cela au lieu de trouver de la lumière.

Elles changent continuellement tous les meubles de position. Quand vous rentrez dans l'obscurité, vous avez beau faire, vous vous cognez toujours à quelque chose. C'est dégoûtant. Elles aiment ça.

Qu'est-ce que ça leur fait, que vous teniez à ce que telle chose soit à tel endroit? Elles ne laissent rien à sa place, allez. Non, vous pouvez en être sûr. Elles vous déménageront tout avec des complications toujours nouvelles. C'est leur nature. Elles mourraient plutôt que de s'en priver.

Elles ont toujours le soin de ramasser scrupuleusement tous les rebuts et de les remettre en évidence sur votre table. En revanche, elles allument le feu avec vos manuscrits les plus chers.

S'il y a quoi que ce soit dont vous vouliez plus particulièrement vous débarrasser, il vous sera parfaitement inutile de faire les plus grands efforts pour arriver à votre but ; elles retrouveront toujours l'objet partout où vous le jetterez, partout où vous le lancerez ; et s'il est en pièces, elles vous en rapporteront jusqu'au moindre morceau. Elles se trouveront mieux, cela fait.

Et elles vous usent plus de pommade qu'une demi-douzaine de laquais. Si vous les accusez d'en voler, elles mentent, elles jettent les hauts cris. Croyez-vous qu'elles aient souci d'un avenir quelconque? En aucune façon. Croyez-vous qu'elles pensent à une autre vie, à un autre monde ? Vous voulez rire.

Si vous laissez une minute votre clef sur votre porte, histoire de rentrer prendre quelque chose que vous avez oublié en sortant, elles vous enferment, et descendent la clef au concierge. Elles agissent ainsi sous le futile prétexte de protéger votre bien contre les voleurs ; mais, en réalité, pour vous faire crier par la fenêtre, ameuter la population, et manquer des rendez-vous.

Elles viennent toujours, pour faire votre lit, avant que vous ne soyez levé, détruisant ainsi votre repos et vous infligeant une fièvre perpétuelle. Il est vrai qu'une fois que vous êtes levé, elles ne reviennent plus de la journée.

Elles font tout le mal possible, avec toute la mesquinerie possible, et cela par pure perversité, pas autrement.

Les femmes de chambre sont dénuées de tout instinct généreux, mortes à tout sentiment humain.

Je les ai maudites, pour le soulagement des célibataires outragés. Elles le méritent. Je veux consacrer le reste de mes jours à faire voter, par notre Corps législatif, une belle et bonne loi abolissant les femmes de chambre, les abolissant à jamais ; voilà !

L'INFORTUNÉ JEUNE HOMME D'AURÉLIE

Les faits que je vous relate, je les ai trouvés dans une lettre venant d'une jeune personne qui habite la magnifique cité de San-José. Cette jeune personne m'est parfaitement inconnue, et signe simplement : *Marie-Aurélie.* Ce peut être un pseudonyme, mais n'importe, la pauvre fille a le cœur presque brisé par les malheurs qu'elle a subis ;

en outre, les avis contradictoires d'une foule d'amis plus ou moins bien inspirés et d'ennemis plus ou moins insidieux, l'ont jetée dans une telle confusion d'esprit, qu'elle ne sait plus comment faire pour sortir des inextricables difficultés où elle se trouve engagée presque sans espoir. Dans cet embarras, elle se tourne vers moi et me supplie de venir à son aide, et elle a une éloquence qui toucherait le cœur d'une statue. Écoutez donc sa triste histoire.

A seize ans, dit-elle, elle rencontra et aima de toute la puissance d'une nature passionnée, un jeune homme de New Jersey, nommé William Breckinridge Caruthers, qui avait six ans de plus qu'elle. Ils se fiancèrent avec l'assentiment de leurs amis et parents, et tout d'abord il sembla que leur carrière fût destinée à être caractérisée par une absence de chagrins, habituellement inconnue à la majeure partie de l'humanité. Mais enfin, la fortune tourna. Le jeune Caruthers fut pris d'une petite vérole des plus atroces; quand il se releva, sa figure était trouée comme une écumoire et sa beauté à jamais perdue. Que fit Aurélie? Son premier mouvement fut naturellement de tout rompre avec lui. Mais la pitié lui vint pour son pauvre adorateur, et elle demanda seulement un peu de temps pour se faire à cette nouvelle perspective. Le mariage fut remis à trois mois.

La veille même du jour fixé pour la célébration, Breckinridge, en regardant passer un ballon, tomba dans un puits et se cassa une jambe. On dut lui couper cette jambe au-dessus du genou. Que fit Aurélie? Elle eut naturellement de nouveau l'idée de tout rompre avec lui ; mais de nouveau l'amour triompha ; on se contenta de remettre encore le mariage pour donner au fiancé le temps de se refaire.

Et, de nouveau, le malheur s'abattit sur le pauvre garçon. Il perdit son bras droit dans une explosion de gaz, et trois mois après une machine à couper le beurre lui enleva le bras gauche. Le cœur d'Aurélie fut accablé par ces dernières calamités. Elle ne put s'empêcher d'être profondément affligée en voyant son fiancé s'en aller ainsi morceau par morceau.

Elle sentait bien qu'avec ce désastreux système de réduction, il ne pourrait durer longtemps ; elle ne voyait du reste aucun moyen de l'arrêter sur la pente qu'il descendait. Dans ses larmes et dans son désespoir, elle regrettait presque de ne pas l'avoir pris tout d'abord, avant qu'il n'eût subi tant d'alarmantes dépréciations ; elle se lamentait comme un courtier qui, après avoir refusé un prix raisonnable de sa marchandise, voit dégringoler les offres et augmenter sa perte. Mais son brave cœur l'emporta encore une fois, et elle résolut de se résigner derechef à l'éparpillement peu naturel de son jeune homme.

Encore une fois, le jour de la noce approcha, et une fois encore Aurélie fut désappointée. Caruthers attrapa un érysipèle et perdit complètement l'usage d'un de ses yeux. Les amis et parents de la fiancée, considérant qu'elle avait eu déjà plus de longanimité qu'on n'en pouvait attendre d'elle raisonnablement, intervinrent alors et insistèrent pour que tout fût définitivement rompu. Mais, après quelques instants d'hésitation, Aurélie, s'inspirant d'une louable générosité, dit qu'elle avait réfléchi gravement à tout cela, et que dans tout cela elle ne voyait pas que Breckinridge eût encouru le moindre blâme.

Et elle attendit encore, et il se cassa l'autre jambe.

Ce fut un triste jour pour la pauvre fille, quand elle vit le chirurgien emporter avec componction le sac à chair humaine dont elle n'avait que trop appris l'usage. Elle sentit, ô cruelle réalité! qu'on emportait là quelque chose de plus de son amant. Elle ne put se dissimuler que le champ de son affection se rétrécissait singulièrement. Mais, cette fois encore, elle résista aux représentations de sa famille et tint bon.

Enfin, tout était prêt pour les unir. Mais non! Encore un désastre. Il n'y eut qu'un homme scalpé par les Peaux-Rouges l'an dernier, et cet homme fut William Breekinridge Caruthers, de New-Jersey ; il rentrait d'un petit voyage, la joie au cœur, quand il perdit pour toujours son cuir chevelu ; à cette heure de suprême amertume, il maudit le destin qui n'emportait pas le crâne avec le cuir.

A la fin, Aurélie se trouve dans une sérieuse perplexité. Que faire ? Elle aime encore son Breckinridge ; elle aime encore, m'écrit-elle avec une vraie délicatesse féminine, ce qui lui reste de son Breckinridge. Mais sa famille s'oppose absolument à leur union, vu qu'il n'a pas de fortune et qu'il a perdu tout moyen de faire vivre le ménage par son travail. Que faire ? demande-t-elle donc avec une pénible et anxieuse sollicitude.

La question est délicate. Il s'agit

du bonheur de toute la vie d'une femme et de toute la vie de près des trois quarts d'un homme. A mon sens, ce serait assumer une trop grande part de responsabilité que ne pas se borner dans sa réponse à de simples suggestions. Et d'abord, ne faudra-t-il pas remettre ce jeune homme au complet? Si Aurélie peut en supporter les frais, qu'elle donne à son amant mutilé des bras et des jambes de bios, un œil de verre, une perruque et tout ce qui lui fait défaut. Puis, qu'elle lui accorde un nouveau délai de trois mois, qui sera le dernier sans rémission, et si dans ce délai il ne se casse pas le cou, s'il ne perd aucun morceau indispensable de sa personnalité, qu'elle l'épouse à tout hasard.

De la sorte, vous ne courez pas grand risque, Aurélie. S'il suit son fatal penchant à s'endommager chaque fois qu'il en trouve l'occasion, ce sera fait de lui à la prochaine épreuve, et alors plus de difficultés. Les jambes de bois et autres membres artificiels reviennent à la veuve. Vous ne perdrez rien qu'un dernier fragment d'un époux chéri, mais infortuné, qui eut l'honnête intention de bien faire, mais ne put résister à ses instincts extraordinaires. Essayez donc, Marie-Aurélie, essayez! J'y ai bien et mûrement réfléchi; vous n'avez que ce moyen de vous tirer de là. Caruthers aurait certes mieux fait de se casser le cou d'emblée, mais on ne peut lui reprocher d'avoir voulu durer plus longtemps, d'avoir mieux aimé s'en aller en détail que de partir en bloc. Il faut tirer le meilleur parti possible des circonstances et ne pas en vouloir aux gens. Soyez assez bonne pour ne pas oublier de m'envoyer une lettre de faire part, quoi qu'il arrive.

Mais, ma pauvre Aurélie, j'y pense : si vous alliez avoir plusieurs douzaines d'enfants affligés des mêmes tendances que leur père ! Réfléchissez-y bien, ça mérite réflexion.

TABLE

Paris. — Imp. Motteroz, 54 bis, r. du Four.

Paris. — Imp. Motteroz, rue du Four, 54 *bis*.

www.ingramcontent.com/pod-product-compliance
Ingram Content Group UK Ltd.
Pitfield, Milton Keynes, MK11 3LW, UK
UKHW031914260826
14628UKWH00003B/1187

9 782329 612300